Hermann Hagen, Bern. Rathaus

Der Roman im Alterthum: Oeffentliche akademische Vorlesung gehalten vor einem gemischten Publikum im Rathhause zu Bern den 22. Dezember 1865

Antigonos

Hermann Hagen, Bern. Rathaus

Der Roman im Alterthum: Oeffentliche akademische Vorlesung gehalten vor einem gemischten Publikum im Rathhause zu Bern den 22. Dezember 1865

Unveränderter Nachdruck der Originalausgabe von 1866.

1. Auflage 2024 | ISBN: 978-3-38614-437-7

Antigonos Verlag ist ein Imprint der Outlook Verlagsgesellschaft mbH.

Verlag: Outlook Verlag GmbH, Zeilweg 44, 60439 Frankfurt, Deutschland, info@outlook-verlag.de
Vertretungsberechtigt: E. Roepke, Zeilweg 44, 60439 Frankfurt, Deutschland
Druck: Libri Plureos GmbH, Friedensallee 273, 22763 Hamburg, Deutschland

Der
Roman im Alterthum.

Öffentliche akademische Vorlesung

gehalten

vor einem gemischten Publikum

im

Rathhause zu Bern den 22. Dezember 1865

von

Dr. Hermann Hagen,
Privatdozent der Philologie.

Bern.

Druck und Verlag von K. J. Wyß.

1866.

Hochgeehrte Versammlung!

Der Roman der Neuzeit ist für die Gesellschaft von durchgreifender Bedeutung. Hat er doch, will er sich über das Niveau bloßer Unterhaltungslektüre erheben, die hohe Aufgabe, im Gewande eines freien poetischen Kunstgebildes die bewegenden Ideen und geistigen Errungenschaften aller Zeiten dem Gebildeten vorzuführen, dem's nicht vergönnt ist, sie sich selbst aus den tiefen Schachten der Wissenschaft herauszufördern. Der Roman hat heute die schwierige Mittlerrolle zwischen Wissenschaft und Leben übernommen: er ist faktisch die Hauptquelle, aus welcher dem der Wissenschaft Fernerstehenden vorzugsweise die Kunde von deren Ergebnissen zuströmt und zwar ganz besonders den Frauen, deren poetischem Kunstsinn die Wahrheit des Gedankens am liebsten in Verbindung mit Schönheit der Form zusagt.

Diese kultur-historische Bedeutung des Romans in unserer Zeit schien mich dazu zu berechtigen, Sie auf ähnliche litterarische Erscheinungen in der alten Welt aufmerksam zu machen, die für uns um so größeres Interesse haben müssen, als das Vorbild des deutschen Romans in seinen Uranfängen, der französische des 17. und 18.

Jahrhunderts sich unmittelbar an die gleichartigen Schöpfun=
gen des Alterthums anlehnt.

Wenn der Roman mehr epische, die Novelle mehr
dramatische Elemente enthält, so gibt es in strengem Sinn
im Alterthum nur Novellen: die Personen handeln mehr
mit bereits abgeschlossener Individualität, als daß sich der
Dichter angelegen sein ließe, dem Leser das Sichverhärten
der Charaktere genetisch vorzuführen. Ziehen wir es trotz=
dem vor, diese Dichtungen des Alterthums lieber Romane
zu nennen, so bestimmt uns dazu einmal der bedeutende
Umfang dieser Werke, sowie die charakteristische Erschei=
nung, daß sie, obgleich sämmtlich den letzten
Jahrhunderten des Alterthums angehörig,
übereinstimmend in der klassischen Periode des fünften
Jahrhunderts vor Christus, d. h. etwa 8 Jahrhunderte
vorher, spielen.

Die in frühere Zeit, in die ersten nachchristlichen
Jahrhunderte fallenden Versuche Lucians und der Römer
Petronius und Apuleius auf diesem Gebiet sind eher
Sitten= und Charakterbilder zu nennen, da sie mit Ver=
zichtleistung auf berechneten und straffgeschürzten Plan
Scenen an Scenen nur lose aneinander reihen. Die roman=
tische Einkleidung diente ihnen ja nur als Mittel zum
Zwecke satirischer Ausfälle gegen die sittliche Verdorben=
heit ihrer Zeit, daher denn auch ihr an Sittenlosigkeit
den zu geißelnden Verhältnissen adäquater Stoff sie wesent=
lich von den eigentlichen Romanen unterscheidet.

So findet sich der Roman nur bei den Griechen, so
daß man schon um dessentwillen, ganz abzusehn von der
den Orientalen speziell eigenthümlichen Episodeneinschach=
telung, wie sie dem antiken Roman eignet, einen gewissen
Einfluß des nahen Orients wird anzunehmen haben. Es

ift diefer Einfluß auf Rechnung des damals allgemein fich
Geltung verschaffenden geiftigen Uebergewichts von Orient
über Occident zu fetzen.

Als ein wahres Wunder in einer Zeit, wo alle Sitt=
lichkeit aus den Fugen gegangen war, tritt uns nun die be=
zeichnende Erscheinung entgegen, daß der griechifche Roman
an fittlicher Reinheit und Zartheit in Auffaffung feelifcher
Prozeffe keinem unferer für gute Gefellfchaft gefchriebenen
Romane nachfteht: es ift gleichfam als ob das erft jetzt
erfolgte Erwachen des Verftändniffes für das ächt Weib=
liche, wie jede Entdeckung einer großen Wahrheit, nun=
mehr nur ein ehrerbietiges Sichnahen geftattet hätte, als
ob das in feiner eigenften Natur nun endlich gewürdigte
Weib jenen mächtigen Zauber ächten Frauenthums gleich
an ihren erften Anwälten hätte erproben wollen.

Im Gefolge diefer Ritterlichkeit der erften Roman=
dichter gegen das fchöne Gefchlecht bemerken wir einen ftark
ausgefprochenen Zug nach einer mehr uns Modernen geläu=
figen, fentimentalen Auffaffung der Welt und des
Lebens, die mit der Denkart des klaffifchen Alterthums
in größtem Widerftreit fich befindet.

Zur Erklärung diefer totalen Verfchiebung des Ver=
hältniffes vom Menfchen zur Erfcheinungswelt müffen wir
vor allem die Thatfache in Anfchlag bringen, daß das
Streben nach Verinnerlichung, nach Einkehr des Men=
fchen in fich felbft, die gefchichtliche Idee der ganzen nach=
klaffifchen Entwicklung der Menfchheit darftellt, bis fie im
Chriftenthum ihren äußern Abfchluß findet. Der Grieche
der klaffifchen Periode fteht der ihn umgebenden Welt in
objektiver Klarheit gegenüber: fein innerftes Wefen erkennt
er in der vollkommenften Harmonie mit der Welt, daher
er denn auch die Welt als das treuefte Gegenbild feines

eigenften Ich's mit ganzer Bruft umfängt. Ausdruck diefer Objektivität ift's, wenn man das Leben mit einem Volks=feft vergleichen konnte, bei welchem man die Welt mit all' ihrem bunten Schaugepränge freudig an fich vorüberziehen laffe. Uns Modernen freilich ift das Bild des Jammer=thals geläufiger.

Anthropomor-phismus.　Es ift dies auch eine Erklärung für den Anthropo=morphismus der griechifchen Religion, den man fonft aus der Anlage der Griechen zur Plaftik herzuleiten pflegt. Nur ein Volk, das in der Natur fein eigenes Wefen wiederfand, konnte die gewaltigen Naturmächte fo zutrau=lich mit feinem eigenen Menfchenfinn und feiner eigenen Menfchengeftalt ausftatten.

Naturgefühl.　Nur im Vorbeigehen können wir hier die große litte=raturreiche Streitfrage berühren, ob der Grieche der klaf=fifchen Zeit bei diefer feiner Objektivität Gefühl für Na=turfchönheit gehabt habe. Gewiß hatte er dies in hohem Grade: nicht umfonft hat er die einfamen Feld= und Wald=kapellen feiner Götter immer an den fchönften Punkten entftehen laffen; nicht umfonft hat er fein großes National=theater zu Athen in der Weife an den Burgfelfen der Akropolis angelehnt, daß dem Zuschauer zugleich der offene Blick auf's Meer und die in blauer Ferne verfchwimmen=den Eilande vergönnt war: aber um diefes fein Naturge=fühl in Worte zu faffen und in fchönen fentimentalen Phrafen wiederzugeben, dazu ftand er der Natur zu nahe. Ihm genügte es, die Naturfchönheit zu fühlen. Dies ift der Grund, warum uns Modernen die letzten Perioden des Alterthums mehr Verftändniß für das Naturfchöne zu haben fcheinen, eben weil fie die Natur aus weiterer Ferne betrachteten.

Nur in einem Auswuchs des religiösen Lebens, Mysterien.
den Mysterien zu Eleusis hat der Mensch mit der Natur
gebrochen: aber diese Mysterien, welche das Leben auf der
schönen Erde als einen Zustand des Leidens, den Tod als
Erlösung aus dem Jammer und Quelle der Seligkeit dog=
matisch hinstellten, haben immer nur wenigen Auserwähl=
ten, meist dem athenischen Patriciat, geeignet, ohne je
volksthümlich werden zu können, und dies aus dem guten
Grunde, weil dieser Geheimdienst seine asiatische Herkunft
und seinen ungriechischen Charakter nie hat verläugnen
können.

Lange hat freilich dieser Zustand naiver Objektivität Philosophie.
Bruch zwischen
Natur und
Mensch.
nicht gedauert. In der Philosophie, die in allen Zeiten
der Geschichte vorauszueilen pflegt, macht sich die Schei=
dung des Menschen von der Natur seit der Zeit geltend,
da Anaxagoras zuerst der chaotischen Masse den Geist, den
Menschengeist, als ordnendes und regierendes Prinzip
gegenübergestellt hat. Umsonst suchen Plato und Aristo=
teles zu vermitteln: an dem Bruch zwischen Natur und
Geist, Welt und Mensch geht das Alterthum zu Grunde,
mit dem nämlichen unvermittelten Dualismus beginnt die
christliche Zeit.

Die bewußte Scheidung von der Welt bringt den Anthropologie
und
Psychologie.
Menschen zu sich selbst, führt ihn in sich selbst ein. Seit
Sokrates beginnt das Studium des Menschen. Es ist
kein Zufall, daß zur gleichen Zeit die Rhetorik sich zur
Kunst erhebt. Schon die Alten haben es gewußt, daß
kunstvolle Rhetorik auf genauer Kenntniß der menschlichen
Seele zu beruhen habe, wie im platonischen Phädros zu
lesen. Die alten Sophisten, die ersten psychologischen
Beobachter, sind zugleich die Begründer der Rhetorik.

Rhetorik und Gefühlsleben.

Mit der Wiedererweckung der Rhetorik in der nach=
christlichen Litteratur der sogenannten jüngern Sophistik
mußte ihr psychologisches Element um so stärker heraus=
treten, als der interessirte Staatsbürger, der Vorwurf
der antiken Rhetorik, durch den Hinfall politischer Freiheit
allmälig sich selber und der Familie wiedergeschenkt wor=
den war. Mit dem Rücktritt von politischer Thätigkeit
öffnet sich dem Menschen der Blick für die Familie. So
wenig in der klassischen Zeit bei der alles geistige Leben
absorbirenden politischen Wirksamkeit von der Würdigung
der Familie die Rede sein konnte, so sehr kommt in der
nachchristlichen Epoche das Gemüths= und Gefühlsleben
zur Anerkennung und lebensvollen Entwicklung: diese Mo=
mente, in Verbindung mit einer überall herrschend gewor=
denen mystischen Weltanschauung haben jene unklassische
Sentimentalität des Romans geschaffen.

Märchenpoesie.

Es ist nicht unwahrscheinlich, daß der Roman zum
Theil auch aus der volksthümlichen Märchenpoesie Kräfte
geschöpft hat, die immer mehr, als die eigentliche, klas=
sische Litteratur Kindlichkeit und Tiefsinnigkeit der Gefühle
herauskehrt. Es scheint ein derartiger Einfluß (der in der
klassischen Zeit so wenig wie Märchenpoesie überhaupt in
weiterer Ausdehnung nachzuweisen ist) damals wirklich
stattgefunden zu haben: erst neuerdings hat man es sehr
glaublich gemacht, daß z. B. die reizende Episode von
Amor und Psyche bei Apuleius, Ihnen durch die Raphael'=
Skizzen bekannt, ein litterarisch gewordenes Volksmärchen
ist, wie aus ähnlichen Gebilden altindischer und germa=
nischer Märchenpoesie schlagend hervorgeht.

Geschichte der nachchristl. Litteratur.

Der antike Roman gehört den letzten Zeiten des
Alterthums an. Mit dem zweiten Jahrhundert nach Chri=
stus hatte für die griechische Litteratur ein neuer Auf=

schwung begonnen. Die römische Litteratur war zu Ende gegangen: wer sich litterarisch noch bethätigen wollte, schrieb griechisch, daher denn, durch die besten Kräfte der Römer verstärkt, diese letzten Jahrhunderte eine überaus reiche Masse von Blüthen buntester Art getrieben haben. Das Wenige, das in dieser Zeit noch lateinisch gedacht und geschrieben wurde, hatte sich der Residenzstadt Rom entfremdet und war in die Provinzen nach Gallien, Spanien und Afrika gewichen.

Das charakteristische Wesen dieser neuen und letzten Periode hellenischer und antiker Geistesentwicklung läßt sich kurz dahin bestimmen, daß rhetorische Sprache, Styl, Behandlungsweise gleichmäßig alle Theile der Litteratur durchsetzt hat. Dieser rhetorische Grundton, das Vermächtniß der unlängst erstorbenen römischen Litteratur, deren prätentiös-rhetorisches Gepräge sich bis auf die ersten Anfänge hinauf verfolgen läßt, hat dieser neuen geistigen Regsamkeit den Namen der Sophistik geliehen. Wie einst jener Sophistik, welche von Perikles weg bis zum Ende des peloponnesischen Kriegs die wirksame Rolle der Aufklärung gespielt, so liegt auch dieser der nachchristlichen Jahrhunderte als wesentliches Moment die Rhetorik zu Grunde, doch mit dem Unterschiede, daß die Litteratur der spätern Zeiten überhaupt keinen andern als den rhetorischen Styl kennt, der nicht mehr, wie ehedem, als zweischneidige Waffe in den Händen dialektisch geübter ihrer Zeit weit vorausgeeilter Männer gegen alles Bestehende, Sitte und Herkommen, Glauben und Wissen sich kehrte, sondern zur bloßen Darstellungsform ohne alle Gefährde sich verflüchtigt hatte. In dieser wieder zu neuem Leben erwachten Sophistik klingt der griechische Genius langsam aus. Was sich Alles aus dem Alterthume vor der zunehmenden Zersetzung noch gerettet hatte, vereinigte sich noch einmal und jetzt zum letzten Mal mit Aufbieten aller Kraft zu einer befremblichen, fast unheimlichen Harmonie. In keiner Zeit — die eigentlich klassische natürlich abgerechnet — war die geistige Mittheilsamkeit so groß und wirkte so durchgreifend auf die Massen, freilich nicht in streng wissenschaftlicher Forschung, sondern in allgemein verständlicher, populär-faßlicher Gestaltung.

Styl u. Form-vollendung. Die Parole der neuen Sophistik in ihrer ersten Entwicklungsphase ist Form-vollendung. Wie man im Allgemeinen der klassischen Litteratur die tiefsinnigste Harmonie von Form und Stoff als charakteristisches Merkmal zutheilen kann, so haben die beiden folgenden Perioden, die vorchristlich-alexandrinische und die nachchristlich-sophistische einseitig jene den Stoff, diese die Form zum Prinzip erhoben.

Man suchte und fand diese Form in einer schönen, glatten, blumenreichen Sprache, in einem eleganten und elastischen Ausdruck.

Sophistik und Publikum. Wie einst in alter Zeit zogen die neuen Sophisten von Stadt zu Stadt, predigten überall den guten Geschmack und Reinheit und Feinheit des Ausdruckes, vor dem der darzustellende Inhalt als etwas völlig Gleichgültiges zurücktrat, unter einer merkwürdig warmen Sympathie des Volkes; überall wo sie hinkamen, wurden sie mit Jubel empfangen, mit ihren meist kurzen, aber um so genauer ausgearbeiteten und stylistisch durchgefeilten oder glänzend improvisirten Prunkvorträgen, denen eben so sehr Tiefe der Gedanken, als wissenschaftlicher Werth des Objekts abgehen, in um so reicherem Maße dagegen gefällige Ausmalung persönlicher und örtlicher Verhältnisse zukommen mochte. Der erste und bedeutendste Kämpe dieser durch-

greifenden Verbrüderung für guten Geschmack und tadel=
losen Styl war Lucian.

Bald nachdem der erste Enthusiasmus der freien im=
provisirten Rede verrauscht war, wandte man sich ern=
steren Studien zu. Die Sophistik gewann in umfassenden
rhetorischen Forschungen einen wissenschaftlichen Rückhalt.
Die große Aufgabe, welche sich seiner Zeit die alexandri=
nische Gelehrtenakademie gestellt, den litterarischen Nachlaß
der alten Zeit durch gründliche kritische Beleuchtung und
Verarbeitung der gebildeten und gelehrten Welt zugäng=
licher zu machen, haben die Sophisten auf die ihnen mehr
eignende populäre Weise zu lösen versucht, indem sie in
dem Ganzen der alten Litteratur nicht mehr ein Objekt
für subjektive Kritik und gelehrtes Studium erblickten,
sondern weit mehr vom Gesichtspunkt ästhetischer Auffassung
Form und Inhalt auf sich wirken ließen.

Wornach man rang, was man zu erfassen trachtete,
war der Styl der attischen Meister der Blüthezeit, die
man sorgfältig nachahmte. Bekanntlich kann sich aber eine
Nachahmung auf zweierlei Weise vollziehen: die eine nimmt
Geist und Sprache des Autors so tief und lebendig in sich
auf, daß man kaum mehr als den ersten Anstoß oder höch=
stens ganz allgemein den Ton des Ganzen dem Original
als rechtmäßiges Eigenthum zuzuschreiben wagt. Diese Art
von Nachahmung ist charakteristisches Merkmal jeder klas=
sischen Periode. In diesem Verhältniß der Nachahmung
steht die ganze alte Litteratur zu Homer, und wieder jede
Litteraturgattung zur vorausgehenden. Der Zeit der So=
phistik aber fehlte die schöpferische Kraft zu neuer Leistung
immerhin in dem Maaße, daß die individuelle Zuthat des
Producenten sich auf ein Minimum beschränkte. Hier
stellt sich die zweite, schlechtere Form der Nachahmung ein.

Man kopirte die Worte mit der größten Genauigkeit, täuschte sich aber gewaltig, wenn man damit selbstver=ständlich den Geist der Alten erfaßt zu haben wähnte. Eine ächt künstlerisch unternommene Nachahmung wird dem Original gleichsam als selbstständiges Gegenbild gegenübertreten: wo Kunst und schöpferische Kraft fehlt, bleibt sie nur entgeisteter Abklatsch. In diesem Sinn hat der Grieche der klassischen Zeit nie nachgeahmt: unter den etwa 10,000 erhaltenen Vasengemälden findet sich keine einzige Doublette.

Stylmengerei.   Ein anderer Uebelstand machte sich bei diesem künst=lichen Treibhausatticismus fühlbar. Die Summe des aus der abgeschlossenen attischen Litteratur unsystematisch zu=sammengehäuften Sprach= und Styl= Materials fand unterschiedslose Anwendung auf jede litterarische Gattung. Wie seiner Zeit der Hellenismus, so legte sich jetzt der Atticismus in erdrückendem Einerlei über alle geistige Produktion: man verletzte in der gröblichsten Weise das für die ganze klassische Periode Griechenlands durchgehends und ausnahmslos bindende Gesetz der künstlerischen Styl=einheit. Ganz begreiflich: die Grundlage der klassischen Styl=Einheit und Reinheit war ja jene weise Selbstbe=schränkung gewesen, welche es keinem erlaubte, über die Schranken einer einzigen Litteraturgattung hinaus in fer=nere oder auch nur benachbarte Gebiete überzugreifen. Kein Tragiker war zugleich Epiker und Lyriker: ja nicht einmal Tragödie und Komödie glaubt man in e i n e r Person ver=einigen zu dürfen.

    In der Sophistik, welche von vorneherein in ihrer Eigenschaft als Rhetorik gleichmäßig allen Unterschied der Litteraturgattungen verwischt und alle einheitlich durch=drungen hatte, war hiemit die Grundbedingung zur Styl=

eigenthümlichkeit dahingefallen. Es handelt sich hier nur noch um quantitative Verschiedenheit, um größere oder geringere Technik.

Nur die exakten Wissenschaften, Medicin, Astronomie, Mathematik werden in wissenschaftlichem Sinne fortgetrieben, wenn auch vom allgemeinen Zeitgeist des Aber- und Wunderglaubens und der Träumerei vielfach angesteckt so doch allein frei von rhetorischer Einkleidung, die in überschwenglicher Fülle alle humanistischen Wissenschaften überwuchert.

Es hatte sich der Zeit durchweg ein finsterer Aberglaube, die unvermeidliche Ausgeburt des regellosen Unglaubens, bemächtigt; Traumdeutung, Wundergeschichten aller Art, Magie, Theosophie, Theurgie hatten die ganze Welt mit all' ihrem Fühlen und Denken zersetzend durchtränkt, bis als Potenzirung dieser mystisch-phantastischen Weltanschauung zum System die neuplatonische Philosophie in Alexandria ihr Haupt erhebt, die letzte geistige That der antiken Philosophie, unläugbar an Großartigkeit der Abstraktion alle vorhergegangenen Systeme weit überragend, doch ohne allen historischen und empirischen Boden; ein Conglomerat der religiösen und philosophischen Vermächtnisse der gesammten Vorzeit im Orient und Occident; durchleitet von einem durchaus dem Geist der Zeit entsprechenden, aber mit aller Klassicität brechenden Zug nach wesenloser Phantasterei und sentimentalem Emporhimmeln in der subjektivesten Weise. Der Neuplatonismus ist der beste Kommentar zum Verständniß des damals in allen Gebieten des Lebens und Geistes vorherrschenden Synkretismus und Eflekticismus, der Auswahl und Verschmelzung ursprünglich verschiedenartiger Elemente zu einem bunten Mosaik. Er war es, der den letzten Kampf mit dem Christenthum würdig zu Ende führte.

Pflege der Wissenschaften.

Wie einst die alexandrinische, so war auch die sophistische Litteratur auf die Gunst der Machthaber angewiesen, und fand denn auch hier die eifrigste Pflege, so lange gebildete Kaiser, wie Hadrian und die beiden Antoninen, die selbst sich litterarisch hervorzuthun versucht haben, den Thron des römischen Weltreichs inne hatten. Bei der folgenden Schlag auf Schlag wechselnden Militärdespotie, die gerade durch das unvermittelte Herüber= und Hinüber= fallen von Extrem zu Extrem, vom unsinnigsten Despo= tismus zu mildester Menschlichkeit den Organismus des römischen Reiches weit erfolgreicher und schneller zerbrochen hat, als es fortgesetzte Tyrannei vermocht hätte, waren die geistigen Interessen auf die Pflege in gewissen Studien= örtern, besonders Athen, Antiochia, Alexandria und Be= rytos, der Specialschule für die Rechtswissenschaft, ange= wiesen.

Akademien.

In diese Zeit fällt die Einrichtung von Akademien, nach dem Zuschnitt der heutigen Zeit. In Athen waren schon unter den Antoninen zwei ständige Professuren für politische und gerichtliche Beredsamkeit, die eine von der Stadt, die andere aus der Privatschatulle des Kaisers dotirt, gegründet worden. Die Ausübung der Wissen= schaften an diesen höhern Lehranstalten wurde in der libe= ralsten Weise gefördert: von oben herunter übernahm man die Garantie gegen alle Unbill, ja man befreite die Professoren, wie die öffentlichen Lehrer an den Staats= anstalten jetzt offiziell heißen, in ausdrücklichen Gesetzen von allen lästigen Verbindlichkeiten, z. B. Besteuerung, gegen den Staat. Die Thätigkeit dieser antiken Professoren, die sich von den heutigen nur dadurch unterscheiden, daß

ihrer weniger und sie besser besoldet waren, war eine
doppelte: sie wirkten nicht nur in den engen Kreisen der
Hörsääle, sondern vorzugsweise auch in dem großen Ver=
band des gebildeten Publikums, als Heranbildner des Volks
und der Gesellschaft in öffentlichen Vorträgen, bei denen
nun freilich das rhetorische und improvisatorische Element,
die Declamation überwog, doch so, daß die unendliche
Fülle und Mannichfaltigkeit des Stoffs, den sie vor Augen
und Ohren des Publikums in gefällige Form gossen, immer=
hin den Zuhörern in Gestalt einer allgemeinen Bildung
zu Gute kam.

Von der studirenden Jugend in Athen werden uns
ähnliche Züge berichtet, wie sie seit Gründung deutscher
Universitäten für die Ausbildung des deutschen Studenten=
lebens maßgebend geblieben sind. Die Studenten thaten
sich nach ihren Heimathlanden in Landsmannschaften zu=
sammen, mit Senioren an der Spitze, legten sich, wie
heutzutage, auf's Einfangen neu angekommener Jünger der
Wissenschaft, führten dieselben durch das Medium einer
solennen Studentenweihe (Fuchstaufe) in ihren Verband
ein, — doch alles dieß zu keinem andern Zweck, als um
entweder beliebte Professoren zu heben oder mißliebige
zu stürzen.

Als zu Beginn des vierten Jahrhunderts der Kaiser
Konstantin die Residenz des römischen Reiches nach By=
zanz (Konstantinopel) verlegte, war hiemit ein neuer Central=
punkt für alles geistige Leben gewonnen worden. Man
glaubte einen engern Zusammenhang der asiatischen Theile
des Reiches mit den europäischen dadurch herstellen zu
können, daß man die Hauptstadt an die Grenzscheide beider
Welttheile setzte. Vergebens. Mit dieser Uebersiedelung

Studenten-
thum.

Geschichte des
vierten Jahr-
hunderts.

wuchs die Kluft zwischen Kaiser und Unterthanenschaft;
gleich am Anfang schob sich eine streng organisirte Maschine
von Staatsdienern zwischen Fürst und Volk ein: Hofstaat
und Hierarchie der zur Staatsreligion erhobenen christlichen
Lehre wuchsen bald aus dem unklassischen asiatischen Boden
hervor, wobei eine neue Belebung der Wissenschaft nicht
zu hoffen war. Mitten in dieser immer mehr zunehmenden
Versumpfung und Entnervung macht die energische That-
kraft des Kaisers Julianos Apostata, des Abtrünnigen,
einen überwältigenden Eindruck. Seine schwärmerische
Vorliebe fürs heidnische Alterthum konnte sich nicht über
die abergläubisch - theosophisch = theurgischen Phantastereien,
in welchen das Heidenthum ausgeklungen, hinaus zur Er-
fassung des ächt antiken Genius erheben. Seine Restitu-
tion des Heidenthums war eine künstlich und kümmerlich
gezogene Treibhauspflanze, der die gesunde mütterliche
Erde fehlte, so daß sie mit dem Hingang ihres Urhebers
macht= und kraftlos zusammensank. Mißlungen waren
freilich die Versuche des siegenden Christenthums, die alte
heidnische Litteratur durch eine neue von christlichem Geiste
getragene entbehrlich zu machen. Man fertigte zu diesem
Zwecke Dramen und Epen aus dem Stoff des alten und
neuen Testamentes an, die man mit Hülfe unverfänglicher
Verse der heidnischen Epiker und Dramatiker, besonders
des Euripides, zu wege brachte; dann dialogisirte man die
heilige Geschichte nach Art der platonischen Gespräche,
ja man schrieb sogar Grammatiken eigens für Christen und
vom christlichen Standpunkte aus. Man hatte aber seinen
Zweck so wenig erreicht, daß die christlichen Kirchenlehrer
selbst ihrer Ekklesie die Lektüre der Alten empfehlen konnten.
Aber trotzdem hatte das energische Verbot des Kaisers
Theodosius I. das Heidenthum der großen Masse ent=

fremdet; es blieb nun mehr Sache weniger, gebildeter Männer, die dem praktischen Leben ferner stehend, nur sich und ihren Studien lebten; zuletzt sinkt es zur Einkleideformel für litterarische Arbeiten und Stylübungen herab.

Nachdem sich endlich zum Schlusse des Jahrhunderts die Trennung des römischen Reichs in ein östliches und westliches, unter Theodosius des Großen Söhnen Arkadius und Honorius, vollzogen, fristeten in Konstantinopel die vereinzelten Trümmer der Bildung und Gelehrsamkeit, wenig berührt von den Stürmen der an der Schwelle vorbeijagenden Völker, ein wesenloses, schattenhaftes Dasein, völlig bestimmt von dem geistlosen Schematismus pedantischer Verknöcherung, der seit Gründung von Konstantinopel bis zu dessen Zerstörung im 15. Jahrhundert das Byzantinerthum treulich begleitet hat. *Byzantinerthum.*

Wie ein seiner Auflösung entgegengehender Organismus in den letzten Momenten seines Seins sich urplötzlich noch einmal in Besitz aller seiner Kräfte setzt, um sich gleich darauf ihrer für immer zu begeben, so hat auch die Antike in ihren letzten Athemzügen noch einmal in dämonischem Glanze geleuchtet. Aber es war ein künstliches Leben, hervorgezaubert durch die überall waltende Sucht nach Effekt.

Bunte Charakteristik und lebhafte Schilderung, die Hauptvorzüge der Sophistik, ließen indessen einen neuen Zweig in der Brief- und Genrebilderlitteratur emporsprießen, aus der dann bald der Roman als vollendetster Abschluß dieser Gattung erwachsen ist. *Entstehung des Romans.*

Der antike Roman ist eine poetische Huldigung der Frauen; er hat uur die eine Tendenz, die wundersame Stärke ächter Liebe zu feiern, die selbst die unerhörtesten Gefahren und Prüfungen nicht zu brechen vermögen. Die *Huldigung der Frauen.*

Galanterie gegen das zarte Geschlecht geht soweit, daß nicht nur die Frauengestalten in diesen Werken, mit weit bedeutenderer Energie, Willenskraft und Verstandesschärfe ausgerüstet erscheinen, als die Helden, sondern auch, daß man den Satz aussprechen konnte, die lautere weibliche Schönheit sei anziehender, als die männliche selbst vom ersten Rang. Der Grieche der klassischen Zeit hätte ein solches Wort nie und nimmer über seine Lippen gebracht; es konnte deßhalb auch der Roman in der klassischen Periode nicht aufkommen, weil in keiner andern Zeit sich der Grieche der Huldigung der Frauen feindseliger gezeigt hat.

Geschichte der Frauen bei den Griechen.

Kein Stamm der griechischen Nation hat die Frauen auf eine so tiefe Stufe herabgedrückt, wie die Attiker, die nämlichen Attiker, die wir immer im Auge behalten müssen, wenn wir von vollendeter Klassizität sprechen; jene Attiker, welche die höchsten Stufen in Poesie und Kunst erklommen haben, die endlich, welche die des Menschen einzig würdige Staatsform, die Demokratie, am reinsten erfaßt und dem Ideal am nächsten gebracht haben.

Heroische Zeit.

Im heroischen Zeitalter, der Periode, in welcher sich die Verhärtung der drei hellenischen Stammesindividualitäten vorbereitete, war die Erinnerung an die Urheimath, die hochasiatische Völkerwiege Iran noch stark genug, um die geistige Eigenthümlichkeit aller indo-germanischen Stämme, Hochachtung der Frauen, auch in Griechenland in's Leben treten zu lassen. Wenn Rom in der ganzen Zeit seiner Entwicklung der Frau eine weit bevorzugtere Stellung einräumte, als sie die Blüthe Griechenland's geschaut hat, so ist dies ein Beleg mehr für die schon aus Religion und Sprache ermittelte Thatsache, daß der Römer weit treuer die Erinnerungen an seine asiatische

Urheimath festgehalten hat. Es ist dies endlich auch der letzte Grund, warum die moderne Weltanschauung, deren Träger das jüngste der indo-germanischen Völker, der germanische Stamm ist, sich dem römischen Genius weit verwandter fühlt und auch inniger angeschlossen hat, als dem griechischen.

In der heroischen Zeit, deren Schilderung uns in den homerischen Liedern vorliegt, genießt die Frau neben dem Manne hohe Achtung. Wie jener draußen im Krieg und in der Rathsversammlung seine Welt findet, so waltet sie drinnen im Hause klugen und verständigen Sinnes. Als Odysseus hülflos nach Verlust seines Schiffes zur Phäaken-insel Scheria gekommen, räth ihm Nausikaa, dieses tief-zarte und dabei doch nichts weniger als scheue, über alle unzeitige Prüderie erhabene Königskind, die Kniee der Königin Arete zu umfangen, die nach Athenens eigener Schilderung geehrt wird von ihren Kindern und Alkinoos selbst und dem Volke, das wie zu einer Göttin zu ihr emporschaut und sie mit freudigen Worten willkommen heißet, wenn sie durch die Stadt wandelt.

In der gleichen Periode findet der Anthropomorphis-mus der griechischen Religion seinen Abschluß: die hehren Frauengestalten des Olymp, vor Allem die pfeilfrohe Arte-mis und die lichtäugige Pallas, die selbst in den, einer Werthschätzung der Frauen ungünstigsten Zeiten in der un-antastbaren Hoheit ihrer Weiblichkeit über Hellas' goldenen Fluren gethront haben, hatten sich dieses Privilegium ge-wahrt, eben weil sie im heroischen Zeitalter typisch ge-worden waren. Vom Typischen geht der klassische Grieche nicht ab. Aehnlich sind auch die Frauenbilder der Dichter, besonders der Tragiker, zu beurtheilen: die han-delnden Personen der Tragödie sind, wie aller tragische

Frauen-gestalten des Olymp und der trag. Dichtung.

Stoff, jener alten Zeit entnommen, und nicht etwa idea-
lifirte Abdrücke der Gegenwart, somit für die Darstellung
des faktischen Verhältnisses ohne alle beweisende Kraft.

Ritterthum.　　Die geachtetere Stellung der Frauen in der von Homer
geschilderten Heldenzeit war Produkt des hellenischen Ritter-
thums: die Geschichte des Mittelalters und der Neuzeit
zeigt uns in ähnlicher Weise, daß feinere Sitte und höhere
Achtung und Würdigung der Frauen von den bevorrech-
teten Ständen, dem Ritterthum und der Aristokratie aus-
gegangen ist, die heutzutage naturgemäß mit der Aristokratie des Geistes und ächt menschlicher Bildung hat tau-
schen müssen. Mit dem Uebergang der heroischen Ge-
schlechterherrschaft in die Demokratie der historischen Zeit
erfährt zugleich die Stellung der Frauen eine totale Ver-
änderung.

Dorier.　　Wenn in der historischen Zeit die Frauen bei
den Doriern verhältnißmäßig die größte Bedeutung ge-
nossen haben, indem man ihnen, wenn auch bedingte, Theilnahme am Staat als Müttern tapferer Kriegssöhne, ge-
stattete, so rührt das daher, weil die militärisch-monar-
chische Verfassung des lakedämonischen Staates sich von
den Zuständen des Heldenalters am wenigsten entfernt hat,
da sie überhaupt in ihrem starren Konservativismus jeder
politischen oder sozialen Neubildung abhold gewesen ist.

　　Indeß gewährte das Kasernensystem und die Kommu-
nistenwirthschaft Sparta's den Frauen diese hervorragende
Stellung nur auf Kosten ihrer Weiblichkeit: sie waren
handfeste Soldatenweiber, keine Frauen. Sie hatten all'
ihr Fühlen und Lieben, ihr ganzes Gemüthsleben dem
Staate geopfert und dagegen als schwachen Ersatz einen
männlichen Sinn empfangen, der ihnen aber doch keine
eigentliche politische Bedeutung zumaß.

Es ist ein ächt dorischer Zug, wenn wir lesen, man habe in Sparta die heirathsfähigen jungen Leute in ein dunkles Zimmer gesperrt, wodann jeder Die, welche er im Finstern erhascht, als seine Braut heimzuführen hatte. Derlei Blindekuhspiel sollte grundsätzlich alle freie Neigung unterdrücken.

Die Aeolier, die Italiener des Alterthums, dem Wein, der Liebe und glühendem Tyrannenhaß ergeben, hatten bei ihrem feurig pulsirenden Blut und hitzigen Temperament von vornherein der Gesellschaft größere Freiheit gewährt: hier tritt uns die bedeutendste Frauengestalt aus dem Alterthum, die Dichterin Sappho, entgegen, — wie selbst die wenigen uns zufällig erhaltenen Trümmer ihrer Dichtung genugsam ahnen lassen, ein urpoetisches Gemüth, dem südliches Feuerblut in den Adern kocht, die geniale Schöpferin der nach ihr benannten Strophe, in der man, wie Hermann Köchly so tief und wahr sagt, ein weiches, liebeskrankes Gemüth aus der brütenden Schwermuth unendlichen Sehnens glaubt sich aufraffen zu sehen, um sofort wieder in die süße Gewohnheit des tiefgehenden Schmerzes zurückzufallen. Erlauben Sie mir, Ihnen einen Zug aus Sappho's reichem Gemüthsleben mitzutheilen. Ihr congenialer Stammesgenosse Alkäos hatte seine Werbung um sie in die schüchternen Worte gefaßt: „Veilchenflechtende, reine, süßlächelnde Sappho, ich möchte Dir wohl etwas sagen, aber Scheu verbietet es mir," — worauf sie ihm antwortet: „Wenn Du Verlangen trügest nach Edlem oder Schönem, und nicht etwas Böses auszusprechen Deine Zunge gedächte, so würde Scheu Dir nicht die Augen umfahen, sondern Du sagtest heraus, was recht ist." Die spätere Zeit der mittleren Komödie hat sie für ihre bedeutende Stellung, die der Attiker nun einmal nicht verstehen konnte, schwer büßen lassen, bis sie der Nestor unserer Philologie, Fr. Gottl. Welcker, mit ritterlicher Liebenswürdigkeit wieder in alter Reine und altem Glanze hat erstehen lassen.

Attiker.

Haben wir bei Doriern und Aeoliern noch leise Nachklänge gefunden aus jener goldenen Zeit, wo man in der Frau nach eine Göttin verehren konnte, so stoßen wir bei den Attikern auf ein befremdliches, uns Moderne in höchstem Grade bemühendes Mißverhältniß. Wie der Athener in Politik, Kunst und Litteratur, überhaupt in aller Kultur, im Centrum der Sphäre griechischen Geisteslebens eingesetzt und von seinem Athen aus die geistigen Interessen der gesammten Nation beherrscht hat, so ist auch seine Auffassung von der Stellung des Weibes nicht als eine lokale und partiäre, oder als Ausnahmsfall, sondern als Gesammtanschauung der klassischen Zeit zu beurtheilen.

Ohne welchen Einfluß auf die Mitglieder der Familie, nur beschränkt auf ihr Frauengemach, war der Frau alles Verständniß der Vorgänge draußen, auf der Straße, in der Volksversammlung, im Staate, verschlossen. Die feine Kultur, die, über alles öffentliche Leben ausgegossen, den ärmsten Proletarier von der Gasse befähigte, im Theater den genialen Schöpfungen seiner größten Dichter mit tiefstem Verständniß und eigentlichem Kunstgenuß folgen zu können, die ihn in der Volksversammlung auf die feinen politischen Plane seiner Staatsmänner in klarer Orientirung über die Sachlage eingehen ließ, war der Frau eine unbekannte Welt, von der sie nur wußte, daß ihr der Schlüssel dazu hartnäckig verweigert wurde. Während draußen die fortschreitende Kultur das Leben in Litteratur, Kunst und Religion immer mehr zu einem idealen Kunstleben mit freiem, nirgends umschleiertem Blick umschuf, und besonders die S p r a ch e selbstbewußt alle Unebenheiten und Härten abstieß, war der Frau nur der beschränkte Aberglaube ihrer Kinderzeit und ein veralteter Dialekt geblieben, der e t w a noch den Sprachforscher an die pelasgische Urzeit erinnern mochte.

Bei Xenophon in der Haushaltungskunst fragt Sokrates den Ischomachos, ob er seine Frau selbst gebildet oder ob sie von sich aus schon etwas gewußt habe, worauf ihm dieser antwortet: „Wie hätte sie mit irgend welchen Kenntnissen in mein Haus kommen sollen, die kaum 15jährige, die man vorher streng überwacht hatte, daß sie so wenig als möglich zu sehen und zu hören und zu fragen bekäme? Als ich sie soweit gezähmt hatte, daß ich mich ihr verständlich machen konnte, fragte ich sie eines Tags: ‚Sage mir, Frau, hast du schon einmal darüber nachgedacht, warum Dich Deine Eltern mir gegeben haben? Denn daß ich genug andere hätte haben können, wirst Du wohl einsehen. Als wir uns zusammenberiethen, ich und Deine Eltern, wie wir den besten Begleiter durch's Leben für uns fänden, habe ich Dich auserwählt, und Deine Eltern begreiflicherweise mich.'" (Ich bitte Sie, dabei auch zu berücksichtigen, daß es Xenophon ist, der dies schreibt, der unklassischste aller Klassiker, dem die Götter alles Verständniß für Poesie und Ideale versagt hatten.) Dergleichen Rohheit war nur möglich, wo die Heirath auf Konvention beruhte. Wahl der Braut und des Bräutigams war Sache der Eltern. Euripides läßt Hermione, als Orestes ihr seine Hand angeboten, ihm entgegnen: „Für meine Verheirathung wird mein Vater Sorge tragen, und nicht steht's m i r zu, hier zu entscheiden." Ersatz für die fehlende Neigung bot, wie auch heutzutage, der im Alterthum zum Dogma erhobene Glaube, daß die

Ehen im Himmel geschlossen würden: der Fatalismus der Frauen hierin war fast sprüchwörtlich geworden.

Was der Grieche von der Frau hielt, charakterisirt treffend der Ausspruch des Perikles, das sei der größte Ruhm des Weibes, wenn ihre Vorzüge oder ihre Fehler so wenig als möglich Männern Anlaß geben, über sie zu reden.

Wenn der feine Beobachter hellenischer Sinnesart Ernst von Lasaulx seine Ansicht von einer das ganze Alterthum hindurch herrschenden hohen Achtung der Frau mit dem Satze begründet: daß, wo immer im Leben der Männer Kraft, Freiheit und Reichthum des Geistes entwickelt sei, unmöglich das Leben der Frauen arm an Adel, Schönheit und Anmuth der Seele sein könne, so steht diesem an sich so schön und logisch klingenden Schluß die ganze Wucht geschichtlicher Thatsachen entgegen, die von einem faktischen Mißverhältniß sicheres und übereinstimmendes Zeugniß ablegen. Wer über der Bewunderung des Alterthums seine Pflichten als kritischer Forscher nicht vergessen will, wird solche dunkle Stellen nicht auszulöschen, sondern vielmehr zu begründen haben.

Begründung der Stellung des Weibes. Familie.

Und eine Begründung läßt sich allerdings vorbringen.

Das Weib kann seinen geistigen Nahrungsstoff nur aus der Familie ziehen. Der Grieche besaß kein Familienleben. Seit ungefähr einem Jahrhundert ist in der neuern Zeit die Gesellschaft der neutrale Boden geworden, auf dem das Weib selbstständiger an den Mann herantritt: der Grieche kannte keine Gesellschaft.

Der Moderne wirkt mit der Summe seiner Fähigkeiten in den drei Sphären der Familie, der Gesellschaft, des Staats: der Grieche läßt alle seine geistige Kraft im Staat aufgehen. Dem Staate brachte er seine persönliche

Individualität, die Familie und damit die Frau zum Opfer.

Das Geheimniß der Lebensfähigkeit eines Staats, der Endzweck aller Entwicklung der Menschheit, ist das richtige Verhältniß zwischen Individuum, Gesellschaft und Staat ausfindig zu machen. Der Grieche hat wohl die Proportion der Schönheitslinie, den goldenen Schnitt gefunden, aber die Entdeckung jener goldenen Proportion des Lebens im Staate sollte der Neuzeit überlassen bleiben.

Mußte der griechische Staat mit eiserner Konsequenz alle persönliche Individualität seiner Bürger unterdrücken, um die ganze Summe ihrer Kraft unverkürzt sich selbst zuwenden zu können, so kam andererseits in der Litteratur und Kunst die griechische Individualität wieder zur vollsten Geltung. Was der Staat dort versagen mußte, hat er hier auf's Reichlichste gestattet, und er konnte dieß thun, ohne sein Centralisationssystem zu gefährden, weil alle geistige Produktion der klassischen Zeit in Kunst, Litteratur und Religion von der Idee des Staates getragen wird, weil nichts für Einzelne oder gewisse Kreise, sondern immer nur für's ganze Volk, nichts für Privatzwecke, alles für die Oeffentlichkeit geschaffen wird, kurz, weil Kunst und Litteratur national gewesen sind im vollsten Sinn des Wortes. Dabei treten uns diese nationalen Gebilde in wunderbar scharf geschnittenen Conturen prägnanter Individualität entgegen, was nur strenge Beobachtung des Prinzips der Arbeitstheilung hat hervorbringen können. Die nachchristliche Periode hat das Verhältniß gerade umgekehrt: die Monarchie hat dem Einzelnen die Sorge um den Staat abgenommen, ihm alle erdenkliche Freiheit in der Entwicklung seiner Individualität im gesellschaftlichen, Privat-

und Familienleben gewährleistet — daher die Vervollkomm-
nung des Privatrechts, Werk der römischen Kaiserzeit. —
Die geistige Individualität dagegen in Litteratur und Kunst
mußte einer flachen Uniformsbildung weichen. Vermag ja
doch nur ein politisch freies Staatsleben den Menschne
geistig zu individualisiren.

Ganz anders war die Stellung der Frauen bei den
Römern, weil hier das Verhältniß von Familie zum Staat
faft entgegengesetzter Natur gewesen ist. War es bei den
Griechen der Staat, der die Familie beherrschte und über
dessen Trümmer allein der Weg zur Befreiung der Frau
führte, so ist es in Rom die Familie, welche den Staat
regiert, der erst mit der Auflösung jener sich zu einem
festen Gebilde verhärtet. Durch den Ruin des Staats
wird bei den Griechen die Familie, durch den
Ruin der Familie bei den Römern der Staat.
Die gesammte Entwicklung der römischen Verfassung ist
bedingt durch das Streben, den politischen Einfluß der
Familie zu zerstören. Der Moment, wo das Volk, das
ursprünglich keine Familie und somit auch keine politischen
Rechte besaß, diese Geschlechterprivilegien des Patriciats
siegreich durchbricht, ist der Beginn zum Sturze der Repu-
blik, zur Begründung eines monarchischen Centralstaats,
des Cäsarismus.

Die bei dieser Haltung der Familie begreifliche Vorliebe des Römers für Häuslichkeit hat denn auch der Frau
eine würdige Stellung gesichert. Nachdem die Kaiserzeit die
Bande der alten Familie, in der die Frau als Kind des
Mannes gegolten, gelockert hatte und in Folge dessen allgemein an die Stelle der kirchlichen, d. h. unter Auspizien
eingesegneten Vermählung die rein juridische Form der
Civilehe getreten war, hat sich die Frau allgemach zu un-

verkürzter Rechtsfähigkeit und unbeschränkter Freiheit des Handelns verholfen. So sehen wir sie denn seit der Zeit in der Gesellschaft den guten oder auch nicht guten Ton angeben, hie und da auch wirksam in die Politik der schwachen Kaiser eingreifen.

Wie unendlich hoch die römischen Frauen an Bildung über den Griechinnen standen, wird Ihnen das Beispiel von Plinius des Jüngern Gemahlin erläutern. Plinius schreibt über sie an ihre Tante Folgendes: „Sie besitzt bei der größten Gedankenschärfe die liebenswürdigste Natürlichkeit: sie liebt mich, Beweis genug für ihre Treue. Meine Werke hat sie in den Händen, liest sie immer und immer wieder, lernt sie sogar auswendig. Mit welcher Sorge wird sie erfüllt, wenn ich einen Vortrag vor Gericht halten soll und wie freut sie sich, wenn es gut abgelaufen ist. Ueberall stellt sie Leute auf, die ihr Bericht erstatten müssen, wie oft man mir Bravo ruft und Beifall klatscht. Und wenn ich einmal in Privatcirkeln eines meiner Werke vorlese, da sitzt sie verborgen hinter einem Vorhang und lauscht mit innigem Entzücken auf alle Beifallsbezeugungen. Meine Lieder singt sie und begleitet sie mit der Guitarre; und doch hat es ihr Niemand gelehrt, als die Liebe, die beste Lehrmeisterin.“

Diese rechtliche Gleichstellung der Frau in Rom hat sich dann später auch dem Griechenthum mitgetheilt, wo sie in der Epoche der Romanlitteratur sich zu enthusiastischer Verehrung gesteigert hat.

In den nachchristlichen Jahrhunderten hatten sich somit alle Elemente zusammengefunden, um die Bildung des neuen Litteraturzweiges, der, wie wir gesehen haben, in keiner andern Zeit hätte Wurzel fassen können, zu begünstigen und überhaupt möglich zu machen.

Nothwendig-
keit des
Romans.

Daß aber der Roman, wenn auch spät, so doch jeden-falls hat in's Leben treten müssen, wird ein Blick auf die Entwicklung der griechischen Litteratur lehren. Jener eigen-thümliche Vorzug der klassischen Zeit, daß eine wunderbare Harmonie und Symmetrie nicht nur von der Nothwendig-keit, sondern auch von dem innigsten Zusammenhang und der engsten Verwandtschaft aller geistigen Thätigkeit Zeug-niß redet, hat sich besonders klar und scharf in der Litte-ratur ausgeprägt: jede poetische Gattung ruft nicht nur eine andere poetische, sondern zugleich auch eine entspre-chende prosaische in's Leben. Wie die Geschichtschreibung dem Epos, die Philosophie der Lyrik, die Rhetorik der Tragödie entspricht, so ist der Roman zu betrachten als prosaischer Niederschlag der Komödie in ihrer neuesten Phase als Familien- und Intriguenstück.

In vollendetster Gestalt tritt uns nun der Roman gleich in seinem Begründer Heliodor, zum Schlusse des vierten Jahrhunderts, entgegen. Aus der phönicischen Stadt Emesa gebürtig hatte ihn schon seine Abstammung von dem Geschlecht der dortigen Sonnenpriester innig mit der alten Zeit verknüpft. In seinen späteren Jahren sehen wir ihn mit der Würde eines Bischofs von Trikka in Thessalien bekleidet. Eine Synode soll ihm die Alterna-tive gestellt haben, entweder seinen Roman, den er, bevor er zum Christenthum übertrat, in jüngeren Jahren geschrie-ben hatte, zu verbrennen oder seine Würde niederzulegen. Glücklicherweise zog Heliodor das Letztere vor, wofür wir ihm nur dankbar sein können. Auch hatte er sich dieses Romans nicht im Mindesten zu schämen. Denn die mit wenig Ausnahmen darin durchgängig herrschende Idealität und sittliche Reinheit der Charaktere kommt ihm aus vollem Herzen. Die Synode wird auch wohl ihren Angriff vielmehr gegen die allgemeine antichristliche Tendenz des Werks gerichtet haben, das sich allerdings mit unläugbarer Vorliebe in altgriechischen, fast klassischen Verhältnissen zu bewegen pflegt.

Die Anlage der „Aethiopischen Geschichten," in denen nach orientalischer Märchen Weise Verschlingung durch Verschlingung sich ablöst, hat man schon in alter Zeit treffend mit einer Schlange verglichen, die ihren Kopf in ihren Ringeln birgt.

Die äthiopischen Geschichten behandeln die mannigfachsten und buntesten Abenteuer und Gefahren, die zwei Liebende, eine äthiopische Königstochter Chariklea und ein thessalischer Prinz Theagenes zu bestehen haben, bis der zu guter Letzt beiden drohende Opfertod vor dem Thron des äthiopischen Königs durch endliche Entdeckung, daß Chariklea des Königs verlorene Tochter, glücklich abgewandt wird und wie billig, nach solcher Leiden Uebermaß, in frohe Hochzeit umschlägt.

Heliodor hat in klarem Bewußtsein seiner Leistungsfähigkeit die Entwicklung der Handlung gleich von vornherein auf zwei kräftige Motive gestellt, indem diese Masse von Gefahren und abenteuerlichen Irrfahrten zunächst allerdings dazu dienen, die ächte Liebe aus all' diesen Prüfungen hehr und rein hervorgehen zu lassen, zugleich aber doch noch den praktischen Zweck damit verbinden, eine endliche Wiedervereinigung der verlorenen Tochter mit ihren Eltern herbeizuführen.

Der Roman spielt mit wenigen, verzeihlichen Anachronismen in der guten klassischen Zeit des 5ten Jahrhunderts vor Chr. Das persische Reich steht noch in voller Blüthe, und Aegypten ist noch Unterthanenland Persiens; während die Geschichte zur Zeit der Schlacht bei

Mantinea dieses Unterthanenverhältniß sich allmälig lockern, und nach Eroberung des persischen Reichs durch Alexander und Beendigung der Erbfolgekriege, Aegypten unter dem Fürstenhaus der Ptolemäer als selbstständiges Königreich sich konstituiren läßt, bis es unter Augustus zum römischen Weltreich geschlagen wird.

Die Verlegung des Schauplatzes der Haupthandlung in's ferne Fabel- und Wunderland Aegypten, sowie in die weit gerückte goldene Vorzeit entschuldigt allerlei Ungeheuerlichkeiten, die der geneigte Leser hie und da mit in den Kauf nehmen muß.

Der Roman beginnt mit folgender Scene, die ich Ihnen als Probe nach dem Original mittheile:

Eingangsscene der äthiop. Geschichten.

„Der helle Tag brach eben durch und die Sonne beleuchtete die Gebirgshöhen, als Männer in Räuberwaffen über den Berg hervorlugten, der am Ausfluß des Nil emporsteigt, und hier ein wenig verweilend das unten liegende Meer mit ihren Augen musterten, und nachdem sie ihre Blicke zuerst auf die See hinausgesandt hatten, diese aber leer von Schiffen keine Beute versprach, senkten sie die Augen auf das nahe Ufer. Hier zeigte sich Folgendes: Ein Lastschiff lag am Taue gebunden, von Mannschaft entblößt, aber reich an Ladung. Dies konnten auch die Fernstehenden wahrnehmen, denn die Befrachtung drückte das Wasser bis zum dritten Gürtel des Schiffes hinauf. Auf dem Ufer selbst war Alles bedeckt mit Leichen jüngst Erschlagener, von denen einige soeben verschieden waren, andere halbtodt noch zuckten und dadurch erkennen ließen, daß die Schlacht eben erst geendet. Darunter waren Reste eines unerfreulichen Schmauses gemischt, der einen so kläglichen Ausgang genommen. Die Männer auf dem Berge konnten von dem Vorgange nichts begreifen, indem sie

wohl die Ueberwundenen sahen, nicht aber die Ueber-
winder, wohl einen glänzenden Sieg, die Beute aber
unberührt; das Schiff einsam und von Männern leer,
im Uebrigen aber so unversehrt, als ob es von vieler
Mannschaft bewacht in tiefem Frieden vor Anker läge.
Ob sie auch nicht wußten, was geschehen sei, hatten
sie doch Augen für den Gewinn und machten sich somit
auf den Weg. Hiezu hatten sie sich eben in Bewegung
gesetzt, als ihnen in geringer Entfernung von dem Schiffe
und den Todten eine noch auffallendere Erscheinung in
die Augen fiel. Eine Jungfrau saß auf einem Fels, eine
unaussprechliche Schönheit, wohl trauernd über das, was
ihr Auge vor sich schaute, aber doch edlen Stolzes voll.
Ihr Haupt war von Lorbeern umkränzt, von den Schul-
tern hing ein Köcher herab, der linke Arm war auf den
Bogen gestützt, die Hand aber hing schlaff herab; mit
dem andern Arm ruhte sie auf ihrem Knie, die Wange
sanft mit den Fingern stützend, den Blick herabgesenkt
auf einen ihr zu Füßen liegenden Jüngling. Dieser war
von Wunden entstellt und schien eben wie aus tiefem
Schlafe vom nahen Tode allmälig aufzuwachen. Seine
Augen zog der Schmerz hernieder, der Anblick der Jungfrau aber zog sie aufwärts zu ihr, und nöthigten sie zu
sehen, weil sie das Mädchen sahen. Nachdem er aber
Athem gesammelt und aus tiefster Brust aufgestöhnt,
sagte er mit flüsternder Stimme: „O Süße, bist du mir
in Wahrheit gerettet, oder ist's nur dein Ebenbild und
deine Seele, die noch im Tode um mein Schicksal sich
härmt?" „Von dir," antwortete die Jungfrau, „hängt es
ab, ob ich lebe oder nicht. Siehe, das Schwert hier hat
bis jetzt gerastet, den Weg in meine Brust zu finden, weil
dein Athmen es aufhielt." Bei diesen Worten sprang sie

vom Fels auf. Die Männer aber vom Berge, voll Bewunderung und Staunens, von dem Anblick wie von einem Blitzstrahl getroffen, buckten sich nieder und versteckten sich hie und da hinter den Gebüschen: denn aufrecht stehend erschien sie ihnen als etwas Höheres und Göttliches, während von der raschen Bewegung die Pfeile im Köcher erklangen, und das goldgewirkte Gewand in der Sonne erglänzte und ihr Haar unter dem Kranze bacchisch flatternd weit über den Rücken hinabfiel. Dieser Anblick erschreckte die Räuber: die Einen meinten, es sei eine Göttin, und zwar die Artemis oder die vaterländische Isis; die Andern, es sei eine Priesterin, die von ihrem Gotte begeistert den gewaltigen Mord begangen habe.

Jetzt stürzte sie rasch auf den Jüngling zu, umschlang ihn mit ihren Armen, weinte, küßte, trocknete ihn ab, jammerte und glaubte sich selbst nicht, daß sie ihn in den Armen hielte. Dieses brachte die Räuber auf andere Gedanken. Wie konnten dies Handlungen einer Göttin sein, fragten sie sich. Diese Bemerkung forderte sie auf, sich durch Nähertreten darüber Gewißheit zu verschaffen. Sie liefen also den Berg hinab und fanden die Jungfrau mit den Wunden des Jünglings beschäftigt, dann hemmten sie ihren Schritt und weilten hinter ihr, und erkühnten sich nicht, etwas zu sagen oder zu thun. Da aber doch ein Geräusch entstand und der Schatten der Männer ihr vor die Augen kam, sah die Jungfrau auf, wandte aber den Blick gleich wieder ab, ohne über den Anblick der grausen Räubergestalten im mindesten zu erschrecken und fuhr in der Pflege des vor ihr liegenden Jünglings fort. So läßt wahre und reine Liebe alles Schmerzliche und Erfreuliche, was von Außen kommt, unbeachtet und nöthigt das Gemüth, nichts anderes als den

geliebten Gegenstand zu sehen und zu beachten." So
weit dieses Eingangsgemälde.

Mit der Erklärung dieser Scene wird der Leser bis   Entwicklung.
zum Schlusse des 5ten Buches hingehalten, aber so, daß
die inzwischen in zauberischer Neuheit und buntem Wechsel
Schlag auf Schlag sich drängenden Situationen ihn zur
Genüge dafür entschädigen; und nachdem man mit dem
5ten Buch endlich klaren Einblick in die Vorfabel des
Drama's erhalten, wird man erst recht auf den weitern
Verlauf der fünf übrigen Bücher gespannt.

Die Gemahlin des Königs der Aethiopier hatte ein   Skizze der
Mädchen von weißer Farbe geboren, und um dem un-   Handlung.
vermeidlichen Zorn ihres Gemahls zu entgehen, sich mit
schwerem Herzen zu dessen Aussetzung entschlossen. Einem
Priester des Apollo von Delphi, Charikles, der seinem
Wissensdurste zu genügen, bis nach Aethiopien vorge-
drungen war, wird durch Vermittlung eines äthiopischen
Weltweisen das Kind übergeben, nachdem ihm die Mutter
als dereinstiges Wiedererkennungszeichen und Mittel zur
Wiedervereinigung eine seidene Binde um den Leib ge-
wickelt hatte, die in Hieroglyphenschrift über Herkunft und
nähere Umstände der Aussetzung Aufschluß gab. Charikles
kehrt mit seiner Pflegetochter, die er nach sich Chariklea
nennt, nach Delphi zurück, wo sie, mit innigem Verständniß
für die Gebilde hellenischen Geistes begabt und von ihrem
Pflegevater in die Geheimnisse der Natur und des Lebens
sorgsam eingeführt, zur bildhübschen Jungfrau aufwächst.
Da kommt eines Tages zur Feier des pythischen National-
festes eine thessalische Festgesandschaft nach Delphi, mit
Theagenes an der Spitze, einem edlen thessalischen Ritter
aus fürstlichem Geblüt. Nach feierlicher Prozession muß
althergebrachter Sitte gemäß der Führer der Gesandtschaft

das Hekatombenopfer Apoll's mit einer Fackel anzünden, die ihm Chariklea als die schönste der Jungfrauen zu Delphi zu überreichen hat. Erlauben Sie mir, Ihnen diesen Moment der Ueberreichung der Fackel nach dem Original vorzuführen, in dessen Schilderung unser Dichter seine Meisterschaft in zart-inniger Auffassung psychologischer Prozesse glänzend bekundet.

Erste Begegnung.

„In dem Augenblicke, wo sich die jungen Leute sahen, liebten sie sich, als ob die Seele beim ersten Zusammentreffen das Gleichartige erkannt hätte, und dem ihr gebührenden Eigenthum zugeeilt wäre. Zuerst standen sie plötzlich still und wie betrübt. Zögernd reichte sie und zögernd nahm er die Fackel; lange hefteten sie die Augen unverwandt auf einander, nicht anders, als ob sie sich schon früher gekannt und gesehen hätten, und nun die Erinnerung daran in sich zurückriefen; dann lächelten sie, wenig nur und verstohlen, so daß ihr Lächeln nur durch die Erheiterung des Blickes sich kund gab; dann als beschämt über das Geschehene wurden sie glühendroth, und als die Krankheit ins Herz gedrungen war, erblaßten sie wieder. Mit einem Wort, es streiften zahllose Veränderungen in kurzer Zeit über beider Antlitz. Die große Menge bemerkte dieß nicht, wie natürlich.“

Fernere Entwicklung.

Da Charikles auf die Verheirathung seiner Pflegetochter mit einem seiner Verwandten dringt, bleibt den Liebenden nichts übrig, als zu fliehen, und zwar nach erfolgtem Scheinraub, da Theagenes nicht den mindesten Makel auf Charikleen's Ehre kommen lassen will. Sie besteigen ein Schiff, das sie nach Aegypten bringen soll, fallen aber in die Hände eines kreuzenden Seeräubers, dem Chariklea so gut gefällt, daß er sie sich zur Gemahlin erwählt. An der Mündung des Nil legt das Räuberschiff

an; großartige Festlichkeiten und Gelage sollen die Hoch=
zeit des Räuberhauptmanns verherrlichen. Da widersetzt
sich Einer aus der Bande, der mit schlechtverhehlter Miß=
gunst, weil selbst in Chariklea verliebt, dem Beginnen
seines Hauptmann's zugeschaut, einem an ihn ergangenen
Befehl. Es beginnt ein scharfer Wortwechsel, die Bande
vertheilt sich auf beide Parteien, der Hauptmann zieht
das Schwert, und es folgt ein blutiger Vernichtungskampf,
dem sämmtliche Piraten erliegen. Nur Theagenes, freilich
mit Wunden bedeckt, und Chariklea sind glücklich gerettet.

Die Kürze der uns noch zugemessenen Zeit erlaubt
uns nicht, die nun folgenden weiteren Abenteuer der Lie=
benden näher auszuführen; sie fallen endlich in die Hände
des persischen Statthalters zu Memphis, werden von dem
siegreichen Heere des Königs von Aethiopien, der die Perser
auf's Haupt geschlagen, als Siegesbeute fortgeschleppt und
sollen nun den Gesetzen des äthiopischen Landes gemäß
als Erstlinge des Siegs den Göttern geopfert werden.
Chariklea hat die Hieroglyphen=Binde, die ihr die Mutter
bei der Aussetzung mitgegeben, sich um die Brust ge=
schlungen, und wird daran von jenem Aethiopier, der
sie einst dem delphischen Priester übergeben, als Tochter
des äthiopischen Königs wieder erkannt. Der König ver=
zeiht in seiner Freude seiner Gemahlin den frommen Be=
trug, Theagenes wird auf Chariklea's Fürbitte dem Opfer=
tod entrissen und feierlich zum Schwiegersohn und derein=
stigen Nachfolger auf dem Königsthron erkoren, worauf
der Roman mit den Vorbereitungen zu einer glänzenden
Hochzeit der Vielgeprüften abschließt.

Eine Reihe der tiefsinnigsten psychologischen Beobach= Psychologie.
tungen sind aller Orten eingestreut, nur etwas zu sklavisch

in's Gewand der Reflexion eingehüllt, so daß dadurch hie und da das Pathetische der Situation paralyfirt wird.

Humor. Als Beispiel für den gesunden **Humor**, der das ganze Werk durchzieht, mag folgende Scene gelten, die zwar in neuern Romanen unzähligemal nachgebildet worden ist, doch ohne daß dadurch das Original an Frische verloren hätte. Nachdem Chariklea von der Aufregung über die erste Begegnung krank geworden, beruft ihr Pflegevater, der sich das nicht zu erklären vermag, in großer Besorgniß die berühmtesten Aerzte. „Da ergriff der gelehrte Akestinos — du kennst den Mann ohne Zweifel — ihre Hand, obgleich wider ihren Willen und schien die Krankheit aus dem Pulse beurtheilen zu wollen, der die Bewegungen des Herzens anzeigt, wie ich glaube, und nachdem er mit dieser Prüfung nicht wenige Zeit zugebracht, und Alles zu wiederholten Malen auf und abwärts erwogen hatte, sagte er: „Charikles, unsere Berathung ist hier überflüssig. Die Arzneikunst kann in diesem Fall durchaus Nichts wirken." Hierauf zog er mich bei Seite und sagte, ohne daß jene es hören konnten: „Muß nicht selbst ein Kind einsehen, daß es ein Seelenleiden ist?"

Personal. Der Mannigfaltigkeit der Scenen entspricht der bunte Wechsel der handelnden Personen; es kreuzen sich die Interessen von nicht weniger als 14 auf scharf individueller Basis ruhenden Hauptcharakteren. Außerdem stehen dem Dichter noch eine Anzahl Figuren zweiten Ranges zur Verfügung, die er, um eine unerwartet drastische Verwicklung hervorzuzaubern, momentan auftreten und wieder verschwinden läßt.

Dekoration. Nicht genug: eine glänzende fast theatralische Dekoration wetteifert mit den Verschlingungen und Peripetieen der Handlung, dem Leser nirgends Zeit zur Abspannung zu lassen. Wir werden in's innerste Heiligthum des Tempels von Delphi geführt, um die Orakelsprüche unmittelbar aus dem Munde der Pythia selbst zu vernehmen. Dazu die Haine rings um den Tempel von Opfern, festlichen Processionen und Kampfspielen belebt, der Nil mit seinen Inseln, Höhlen und Sümpfen, in deren undurchdringlichem Rohrdickicht der Räuberstaat haust, dann die üppigen Paläste stolzer persischer Statthalter, neben den einfachen gemüthlichen Wohnungen friedlicher Bürger; traute Familienfeste, blutige Schlachten, belagerte Städte und endlich der prangende Hofstaat eines Königs mit Siegesfesten und Opfern, Ringkämpfen und Stiergefechten — Alles zieht in bunter Märchenpracht am staunenden Leser vorüber.

Der neuern Welt wurden die äthiopischen Geschichten des Heliodor erst im 16. Jahrhundert bekannt, wo sie bei der Plünderung von Ofen mit einem Theil der reichen Handschriftenbibliothek des Matthias Corvinus nach Deutschland gelangten. Keiner der griechischen Romane hat eine so lebhafte Theilnahme bei der ganzen gebildeten Welt erregt. Eine Menge von Uebersetzungen in allen Sprachen und Nachbildungen in Prosa und Poesie hat er an's Licht gerufen. Cervantes' Roman Persiles und Sigismonda galt als berühmteste Nachahmung. Calderon brachte den Stoff unter dem Titel Los hijos de la Fortuna Teagenes y Cariclea auf die Bühne, dem bald mehrere Engländer und Franzosen nachgefolgt sind. Racine selbst hatte daran gedacht, damit das Repertoire des théâtre classique zu bereichern; hatte er doch, als er in seinen Jugendjahren zufällig darauf stieß, die äthiopischen Geschichten mit solchem Heißhunger verschlungen, daß man ihn durch öfteres Wegnehmen des Buches nur dazu bringen konnte, dergleichen Unannehmlichkeiten durch genaues Auswendiglernen des

Ganzen vorzubeugen. Von weiteren Nachahmungen be=
gnüge ich mich Ihnen anzuführen, daß die Episode bei
Tasso im befreiten Jerusalem Canto XII. von der Geburt
Clorinden's ganz aus Heliodor entlehnt ist, der überhaupt
an Tasso einen eifrigen Leser gefunden hat.

Achilles
Tatius.

In engem Anschluß an Heliodor erscheint der zweite
größere griechische Roman des Achilles Tatius, der,
wie die Menge der erhaltenen Handschriften zeigt, offenbar
seines pikanten Inhalts wegen ein großes Publikum ge=
funden hat. Auch Achilles Tatius soll in seinen spätern
Jahren zum Christenthum übergetreten sein. Von Heliodor,
den er in den hin und wieder eingestreuten Reflexionen
treu ausschreibt, unterscheidet er sich nicht gar vortheilhaft
durch vorherrschende Beschreibung von Kunstwerken und
Naturerscheinungen in ermüdendem Eingehen auf's Detail.
Der Gang der Handlung bewegt sich bei ihm in epischer
Behaglichkeit ohne festgeschlossene Einheit und harmonisches
Zusammenwirken der einzelnen Theile zu einem befriedi=
genden Totaleindruck. Den Leser sucht er in Ermanglung
eines einheitlichen mit vollem Bewußtsein über die verfüg=
baren Kräfte durchgeführten Planes durch stets tollere und
ungeheuerlichere Wundergeschichten zu fesseln; es fehlt an
Logik der Entwicklung.

Entwicklung
des Romans.

Einem Jüngling von Sidon, Namens Kleitophon,
ist dessen Schwester zur Ehe bestimmt. Kurz vor der
Heirath sendet sein Oheim, ein reicher Banquier in By=
zanz, da die Stadt schweren Kriegen entgegen geht, seine
Frau nebst Tochter Leukippe zu seinen Verwandten nach
Sidon. Beim Anblick seiner Cousine vergißt Kleitophon
Schwester und nahende Hochzeit. Nachdem er Gehör ge=
funden, beschließen die Liebenden zu fliehen. Unterdessen
ist ein reicher Byzantiner, der von Leukippens Schönheit

gehört, ihr nach Sidon nachgezogen in der Absicht, sie mit Gewalt zu entführen, raubt die zufällig am Ufer den Göttern opfernde Schwester Kleitophons, die er für Leukippe hält, bringt sie nach Byzanz und macht, nachdem er sich erst als zukünftiger Ehemann das regellose Junggesellenleben abgewöhnt, beim Vater seiner Braut einen Besuch, der sich nun als Onkel herausstellt und soweit es ihm in dieser Eigenschaft zusteht, nach einigen fürsorglichen Ermahnungen seinen Segen dazu gibt. Kleitophon und Leukippe sind unterdessen auf einem ägyptischen Kauffahrer auf und davongefahren, gerathen aber bald in die Hände von Seeräubern. Kaum haben sich diese wieder in ihre Schlupfwinkel zurückgezogen, so werden sie von der ägyptischen Landwehr, die gegen sie abgesandt worden, angegriffen, zu welcher sich Kleitophon in der Verwirrung des Getümmels flüchten kann. Sein Genosse Satyros bleibt sammt Leukippe in den Händen der Räuber zurück, die nun, um die Gottheit für den Sieg günstig zu stimmen, jene zu opfern beschließen, und zwar durch Satyros' Hand, da er sich ihnen als ägyptischen Priester und Magier ausgegeben. Mit eigenen Augen muß es Kleitophon vom Lager der ägypptischen Truppen aus mit ansehen, wie seine Braut getödtet, ihr Herz und Eingeweide zum Mahle ihrer Henker aus der Brust gerissen, ihr Leichnam endlich eingescharrt wird. Wie er nun nach dem Abzug der Räuber sich verzweiflungsvoll über das Grab seiner Geliebten wirft, hört er plötzlich tief aus dem Boden ein leises Wimmern; ein Mann, in dem er seinen Freund Satyros wieder erkennt, tritt hinzu und bedeutet ihm, die Rasendecke zurückzuschlagen, worunter er aber nur die blutende Leiche erblickt. Da fordert ihn Satyros auf, für einen Moment die Augen zu schließen, und als er sie wieder öffnet, — sinkt ihm Leukippe gesund und heil in die Arme. Das Räthsel löst sich durch Satyros' Erklärung, er habe mit einem Theaterbolch, den er unter den Effekten eines von den Räubern eingefangenen reisenden Schauspielers gefunden, Leukippen nur zum Schein getödtet, nachdem er ihr vorher Herz und Eingeweide eines Schafs über den Leib gebunden. Hoch erfreut kehrt Kleitophon in's ägyptische Heerlager zurück, dessen Commandant aber unglücklicherweise sich sofort in Leukippe verliebt. In Folge eines ihr in zu starker Dosis beigebrachten Zaubertrankes verfällt sie in Wahnsinn, der erst, nachdem der Hauptmann in einem Treffen gefallen, durch die wohlwollenden Bemühungen eines Hirten mittelst eines Gegengiftes gehoben wird. Kaum ist die Gesellschaft in der Residenz Alexandria angelangt, als jener Hirte, dem es unterdessen Leukippe auch angethan, alle einlädt, mit ihm den berühmten Leuchtthurm zu betrachten, bei welcher Gelegenheit er sie durch ein Paar handfeste Burschen wegschleppen läßt, um dann mit ihr auf einem Piratenschiff davon zu segeln. Kleitophon setzt ihm natürlich gleich nach; doch kaum merken die Piraten, daß sie auf dem Punkt sind eingeholt zu werden, so hauen sie Leukippen in Stücke, werfen den Leichnam in's Meer und retten sich während Kleitophon trostlos die Gliedmaßen seiner nun wirklich gestorbenen Geliebten zusammensucht. Traurig kehrt er nach Alexandria zurück, vernimmt, nachdem er dort eine Zeitlang seinem Schmerze hingehangen, von seinen Freunden, daß eine reiche junge Wittwe aus Ephesus sich dermalen in Alexandria um seinetwillen länger aufhalte und ihn sehnlichst kennen zu lernen wünsche. Endlich entschließt er sich, seiner Freunde Vorstellungen nachzugeben, läßt sich einführen, und gewinnt gleich bei der ersten

Audienz Herz und Hand der Ephesierin. Da er aber seiner verstorbenen Geliebten wenigstens so lange er in den Gegenden weile, wo sie den Tod gefunden, die Treue zu bewahren wünscht, soll die Vermählung erst in Ephesus gefeiert werden. Hier trifft er auf einem der Landgüter seiner zukünftigen Gemahlin ein von Schlägen mißhandeltes Sklavenmädchen, das ihn wundersam an Leukippen erinnert, — als welche sie sich ihm auch bald enthüllt. Die Piraten hatten nämlich, in der Hoffnung, Leukippen ob ihrer großen Schönheit vortheilhafter verkaufen zu können, einem andern minder hübschen Mädchen deren Gewänder angezogen und dieses an ihrer Stelle getödtet. Schon wird die ephesische Wittwenbraut, die den Zusammenhang [er]räth, eifersüchtig — da kommt ihr eigener Mann, den sie als gestorben betrachtet, wohlbehalten von der Reise zurück, läßt die Schuldigen, — denn schon vor der Stadt hatte er gehört, wie es während seiner Abwesenheit zu Hause hoch hergegangen — in Fesseln schlagen und vor Gericht führen. Die glückliche Dazwischenkunft von Leukippens Vater aus Byzanz und vorzugsweise dessen Bankanweisungen lösen endlich alle Mißverständnisse zum Guten auf. Nachdem am Ende noch die Verzeihung der getäuschten Eltern nicht allzu schwer erlangt worden, schließt man mit einer glücklichen Doppelhochzeit. [...] einen natürlichen, ruhigen Verlauf [...] Waren [...] bisher [...] aus der Poesie und Kleingemäldeliteratur hervorgewachsen, [...] die Idyllenpoesie des Alexandriners Theokrit [...] Die Hirtengeschichten von Daphnis und der Chloe sind in neuerer Zeit Muster und Vorbild einer ganzen Reihe von Schäferromanen und Idyllen geworden [...] Sie

nur an Bernardin de St. Pierre's Paul und Virginie
und an die Geßner'schen Hirtenidyllen.

Charakter.

Den ländlichen und hirtlichen Charakter hat Longus
mit Treue und Wahrheit überall beibehalten: Anmuth der
Natur und unschuldige Einfalt der Sitten bilden das Netz,
in welches allerlei ländliche Abenteuer höchst einfacher und
schmuckloser Erfindung eingezeichnet werden. Die beiden
Hauptpersonen des Stücks, Daphnis und Chloe, sind
vornehmer Abkunft, aber bei der Geburt ausgesetzt und
von Hirten in ländlicher Sittenunschuld aufgezogen worden.
Man hat treffend bemerkt, daß ein neuerer Romandichter
gewiß diese edle Abkunft auf Reden und Handlungen hätte
bestimmend und charakteristisch einwirken und so in wohl-
feiler Schlußfolgerung die edle Abstammung selbst in ganz
heterogenen Verhältnissen sich nicht hätte verläugnen lassen.
Longus läßt sich aber dadurch wenig beirren. Hatte er
doch die hohe Herkunft nur fingirt, um ein dramatisches
Moment für seinen sonst zu einförmigen Stoff zu ge-
winnen.

Chariton.

Die Reihe der bedeutenderen Romanschriftsteller schließt
Chariton aus Aphrodisias. Seine Geschichte des Chä-
reas und der Kallirrhoe zeichnet sich den genannten Werken
gegenüber vortheilhaft durch die bewußte Vermeidung aller
unglaublichen Wundergeschichten aus. Sie nimmt mehr
einen natürlichen, ruhigen Verlauf. Freilich werden
Räuber, Nachstellungen, Prüfungen aller Art auch hier
nicht gespart; auch der persische Hof zu Susa mit all'
seiner Pracht wird hereingezogen, indem das Paar durch
die Liebe des Perserkönigs Artaxerxes zu Kallirrhoe in
nicht geringe Verlegenheit gesetzt wird. Uebrigens gibt
uns schon die durchaus neue Einkleidung des Stoffs in
eine historisch bestimmte abgegränzte Zeit — Kallirrhoe

ist nämlich die Tochter des syrakusanischen Feldherrn Hermokrates, des Haupthelden im Krieg der Stadt gegen die sizilische Expedition Athens in der Mitte des peloponnesischen Kriegs — sowie der ganze Ton der Ausführung das Recht, das Werk einen historischen Roman zu nennen, wobei freilich, wie auch heutzutage, die Geschichte den Zwecken des Dichters dienen mußte. Chariton ist auch hierin seinen eigenen Weg gegangen, daß er mit Verlassen der gewöhnlichen Fiktion vom Schicksal zweier Verlobten, ein jung verheirathetes Ehepaar daraus schuf, und zwar deßhalb, um das dadurch ermäßigte Pathos der Liebe anderweitig verwerthen zu können.

Ob und wie weit diese Romane auf Sitten und Anschauungen ihrer Zeit eingewirkt haben, dafür fehlen uns alle Nachrichten: es ist ein durchgreifender Einfluß auch kaum glaublich, da die beiden Haupterfordernisse jedes Kulturaufschwungs, lenksame Zeiten und geniale Persönlichkeiten schon lange in's Bereich der Unmöglichkeiten gehörten. Die Romane und die Zeit.

Wir werden ihren Einfluß beschränken müssen auf die Thatsache, daß an der neuen Dichtungsgattung die leidlichste Seite des geistlosen Byzantinerthums bis in's 15. Jahrhundert hinein gezehrt hat.